TRADUCTION DE JEAN-FRANÇOIS MÉNARD

ISBN : 2-07-057163-7
Titre original : *I Hate School*
Publié pour la première fois par Andersen Press Ltd., Londres
© Jeanne Willis, 2003, pour le texte
© Tony Ross, 2003, pour les illustrations
© Gallimard Jeunesse, 2003, pour la traduction française,
2005, pour la présente édition

Numéro d'édition : 136903
Loi n° 49-956 du 16 juillet 1949
sur les publications destinées à la jeunesse
Dépôt légal : septembre 2005
Imprimé en Italie par Editoriale Lloyd
Maquette : Barbara Kekus

Jeanne Willis · Tony Ross

Je déteste l'école

GALLIMARD JEUNESSE

Une jolie jeune personne
Du nom d'Honora Bélétoil
Refusait d'aller à l'école.
Elle voulait la brûler dans un feu infernal.

Quand je lui ai demandé pourquoi,
Elle est devenue rubiconde,
A jeté son chapeau par terre
Et m'a dit d'une voix furibonde :

– Ma maîtresse est un crapaud gluant !
Ma classe est un trou malsain !

À manger on nous donne des vers de terre…

… et des crottes de lapin !

Alors, moi, je l'ai crue sur parole.
Honora disait sûrement la vérité.
Sinon, pourquoi se cramponner à sa mère,

Pourquoi pleurer, trépigner, sangloter ?

Les leçons n'étaient donc pas amusantes ?
N'apprenait-elle pas à lire correctement ?

— Oh non, répondit-elle.
On ne fait rien de tout ça,
Car ils nous battent jusqu'au sang !

Ils nous jettent par la fenêtre,
Nous font marcher sur du verre pilé…

… et nous coupent la tête
Dès qu'on se met à parler.

Pas étonnant qu'elle fasse tant d'histoires
Pour aller en classe.
Pourtant elle devait bien avoir des amis ?
– Oh que non ! dit-elle avec une grimace.

Mes amis sont des escrocs, des bandits,
De vrais pirates. Des affreux !

Des créatures effrayantes, terrifiantes,
D'horribles petits monstres,
Des fous furieux !
Ils m'ont attachée à une fusée
Et m'ont envoyée sur Pluton.

Pas étonnant qu'Honora Bélétoil
Ait eu l'air si ronchon !
– Pourtant, n'y a-t-il pas un joli bac à sable
Et une piscine remplie d'eau bleue ?

– Ce serait très bien, m'a-t-elle dit,
Si je pouvais y jouer quand je veux.

Mais le bac à sable est un marais infect,
On s'y enfonce comme
dans de la purée de pois !

Et la piscine est pleine de requins,
Des requins mangeurs d'hommes,
je crois.

– Dieu merci, il y a la gym, ai-je dit, tu aimes bien te balancer.

– Oui, mais pas par le cou, a-t-elle répondu. Ils espèrent bien m'étrangler !

— Au moins, je suis sûre que la sortie t'a plu.
Vous avez dû vous amuser comme des fous.

— On n'en a pas eu le temps, a-t-elle dit,
Le car était plein de gadoue.

Un tigre a attrapé notre maîtresse
Et l'a ramenée chez lui pour la manger.

Mais il y a eu bien, bien, BIEN pire :

Le marchand de glaces était fermé !

Pauvre Honora Bélétoil, pauvre petit agneau !
On l'obligeait à y aller chaque jour,
La première année était la pire, m'a-t-elle dit,
Et personne ne venait à son secours.

La maîtresse l'envoyait sur le toit
Dans la neige, la pluie, le vent
Et, quand elle tombait,
raide comme un glaçon,
La maîtresse lui disait :
« Remonte immédiatement ! »

La deuxième année a été effroyable...

Un jour,
en classe de plein air,
Une méchante sorcière
l'a bousculée
Et son œuf est tombé
de sa cuillère.

Au dernier trimestre, un monstre est venu
Et a gribouillé sur ses devoirs.

Personne ne l'a crue,
   Le directeur était dans une rage noire.

Ah çà, oui, Honora Bélétoil a détesté l'école
Pendant des années, des années, des années.
Pourtant, le jour où elle en est enfin sortie,
Elle s'est mise à pleurer, à pleurer.

– Qu'est-ce qui ne va pas ? lui ai-je demandé.
Tu n'as plus besoin d'y aller.
Mais Honora Bélétoil gémissait, sanglotait...

– C'est fou, disait-elle, ce qu'elle va me manquer !

L'AUTEUR

Jeanne Willis est née en Angleterre en 1959. Elle a commencé à écrire dès qu'elle a su tenir un crayon. Après des études de littérature, elle a travaillé dans la publicité (pour la presse, le cinéma et la radio). Elle a aussi été scénariste pour la télévision. Elle est l'auteur de nombreux albums (*Le garçon qui avait perdu son nombril, J'étais comment quand j'étais bébé ?, La promesse, N'aie pas peur !*, illustrés par Tony Ross, ou encore *Au pays des ours en peluche*, illustré par Susan Varley) et, plus récemment, de romans.
Jeanne Willis aime le jardinage et l'histoire naturelle. Elle vit à Londres avec son mari et leurs deux enfants.

L'ILLUSTRATEUR

Tony Ross est né à Londres en 1938. Après des études de dessin, il travaille dans la publicité. Devenu professeur à l'école des Beaux-Arts de Manchester, il révèle de nouveaux talents dont Susan Varley. En 1973, il publie ses premiers livres pour enfants. Sous des allures de rêveur fantaisiste et volontiers farceur, Tony Ross est un travailleur acharné : on lui doit des centaines d'albums, de couvertures, d'illustrations de fictions (souvenons-nous de la série des « William » de Richmal Crompton…). L'abondance de son œuvre n'a d'égale que sa variété : capable de mettre son talent au service des textes des plus grands auteurs (Roald Dahl, Oscar Wilde, Paula Danziger), il est aussi le créateur d'albums inoubliables.
Tony Ross est amateur de voile. Une grande exposition, intitulée « Des yeux d'enfant », lui a été consacrée à Saint-Herblain au printemps 2001.

folio benjamin

Si tu as aimé cette histoire de Jeanne Willis et Tony Ross, découvre aussi :
Je veux être une cow-girl 41
Alice sourit 91
La promesse 116

Et dans la même collection :
La plante carnivore 43
écrit par Dina Anastasio
et illustré par Jerry Smath
Le petit soldat de plomb 113
écrit par Hans Christian Andersen
et illustré par Fred Marcellino
La machine à parler 44
écrit par Miguel Angel Asturias
et illustré par Jacqueline Duhême
Le bateau vert 11
Zagazou 13
écrits et illustrés par Quentin Blake
Le lion des hautes herbes 92
écrit par Ruth Brown
et illustré par Ken Brown
L'énorme crocodile 18
écrit par Roald Dahl
et illustré par Quentin Blake
Au pays des tatous affamés 107
écrit par Lawrence David
et illustré par Frédérique Bertrand
Fany et son fantôme 77
écrit et illustré par Martine Delerm
Comment la souris reçoit une pierre sur la tête et découvre le monde 66
écrit et illustré par Etienne Delessert
Le Noël de Folette 104
écrit et illustré
par Jacqueline Duhême
Mystère dans l'île 54
écrit par Margaret Frith
et illustré par Julie Durrell
Mathilde et le fantôme 55
écrit par Wilson Gage
et illustré par Marylin Hafner
La bicyclette hantée 21
écrit par Gail Herman
et illustré par Blanche Sims

Contes N° 1 et 2 64
écrit par Eugène Ionesco
et illustré par Etienne Delessert
Le dimanche noyé de Grand-Père 103
écrit par Geneviève Laurencin
et illustré par Pef
Le trésor de la momie 23
écrit par Kate McMullan
et illustré par Jeff Spackman
Fou de football 24
écrit et illustré
par Colin McNaughton
La magie de Noël 73
écrit par Clement C. Moore
et illustré par Anita Lobel
Ma liberté à moi 110
écrit par Toni et Slade Morrison
et illustré par Giselle Potter
La sorcière aux trois crapauds 26
écrit par Hiawyn Oram
et illustré par Ruth Brown
Blaireau a des soucis 76
Le jardin de Princesse Camomille 123
écrits par Hiawyn Oram
et illustrés par Susan Varley
Aux fous les pompiers ! 120
écrit et illustré par Pef
Le chat botté 99
écrit par Charles Perrault
et illustré par Fred Marcellino
Les aventures de Johnny Mouton 29
écrit et illustré par James Proimos
Pierre et le loup 30
écrit par Serge Prokofiev
et illustré par Erna Voigt
Le chameau Abos 105
La bonne étoile du chameau Abos 124
écrits par Raymond Rener
et illustrés par Georges Lemoine
Amos et Boris 86
Irène la courageuse 87
écrits et illustrés par William Steig

folio benjamin

Vers l'Ouest 90
écrit par Martin Waddell
et illustré par Philippe Dupasquier
Au revoir Blaireau 34
écrit et illustré par Susan Varley
Blorp sur une étrange planète 36
écrit et illustré par Dan Yaccarino
Le chat ne sachant pas chasser 93
écrit par John Yeoman
et illustré par Quentin Blake

Découvre aussi :
Les Bizardos 2
écrit et illustré par
Allan et Janet Ahlberg
**Les Bizardos rêvent
de dinosaures** 37
écrit par Allan Ahlberg
et illustré par André Amstutz
Le sapin de monsieur Jacobi 101
écrit et illustré par Robert Barry
L'ange de Grand-Père 63
écrit et illustré par Jutta Bauer
Le monstre poilu 7
Le retour du monstre poilu 8
Le roi des bons 45
écrits par Henriette Bichonnier
et illustrés par Pef
Les cacatoès 10
Armeline Fourchedrue 12
Armeline et la grosse vague 46
écrits et illustrés par Quentin Blake
**La véritable histoire
des trois petits cochons** 3
illustré par Erik Blegvad
Pourquoi ? 49
écrit par Lindsay Camp
et illustré par Tony Ross
La batterie de Théophile 50
écrit et illustré par Jean Claverie
J'ai un problème avec ma mère 16
écrits et illustrés par Babette Cole
Gruffalo 51
écrit par Julia Donaldson
et illustré par Axel Scheffler

Fini la télévision ! 52
écrit et illustré
par Philippe Dupasquier
Moi, j'aime pas Halloween 125
écrit par Christine Féret-Fleury
et illustré par Pef
Suzy la sorcière 57
écrit et illustré par Colin
et Jacqui Hawkins
Chrysanthème 60
Lilly adore l'école ! 61
Oscar 62
Juliette s'inquiète 108
écrits et illustrés par Kevin Henkes
Moi et mon chat ? 114
écrit et illustré par Satoshi Kitamura
Oh là là ! 19
S.M.A.C.K. 42
Tout à coup ! 72
écrits et illustrés
par Colin McNaughton
Trois histoires pour frémir 75
écrit par Jane O'Connor
et illustré par Brian Karas
Rendez-moi mes poux ! 9
**La belle lisse poire
du prince de Motordu** 27
Le petit Motordu 28
Motordu papa 80
Le bûcheron furibond 106
écrits et illustrés par Pef
Adrien qui ne fait rien 82
écrit et illustré par Tony Ross
**La surprenante histoire
du docteur De Soto** 88
écrit et illustré par William Steig
Spectacle à l'école 97
Maman, ne t'en va pas ! 100
écrits et illustrés par Rosemary Wells
La promesse 116
écrit par Jeanne Willis
et illustré par Tony Ross
La maison que Jack a bâtie 94
écrit par John Yeoman
et illustré par Quentin Blake